54

Max Vorderhoefen

54

wirklich

verdammt

wichtige

Tipps!

Für alle Lebenslagen

Das Schräglichste aus 3 Staffeln der
erfolgreichen Radio Show

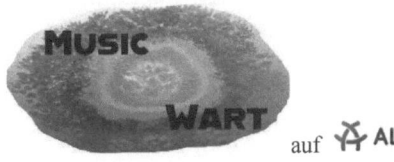

MUSIC

WART

auf ☆ ALEX

Bibliografische Information der Deutschen Nationalbibliothek: Die Deutsche Nationalbibliothek verzeichnet diese Publikation in der Deutschen Nationalbibliografie; detaillierte bibliografische Daten sind im Internet über dnb.dnb.de abrufbar.

Unzensierte Ausgabe
1. Auflage Mai 2025
Copyright © 2025 Max Vorderhoefen
Verlag: BoD · Books on Demand GmbH, Überseering 33,
22297 Hamburg, bod@bod.de
Druck: Libri Plureos GmbH, Friedensallee 273,
22763 Hamburg
ISBN: 978-3-7693-2101-2

Inhalt

7   Prolog

9   Pubertät

11   Ingwer statt Kaffee

12   Hilfe bei einer Depression

17   Top 6 Comments zu Max

20   Popeln

24   Pfütze

27   Music Wart Business Set

31   Lyrik

35   Anmache

37   Malediven

38   Clothing Tipps!

40   Gesichtsrasur Special

45   Symmetrie - Schönheit - Knattern

47   Resilienz Kapitel 1

50   Resilienz Kapitel 2

55   Glück

57   Dit Böse

59   De-Automatisation

62   Fleisch Origami

65   Content Manager ´26

66   Schönheitstipps

69   Gesund kommunizieren

73	10 Bier - ohne Kater - garantiert
76	Erst aufessen
78	KKK
84	Urlaub für lau
87	Volle Rotze
91	Allet Schiete? Hier jibt´s Hilfe!
92	Suchtgefahr
94	Faszination Schorf Zuppeln
98	Kompensation
101	CFS
103	Altruismus Wahn
104	Lyrik
105	Lyrik
106	Rache ist süß
111	Leid
112	Request
113	Sightmarking
114	Apokalypse
119	Epilog

Prolog

Dieses Buch dient der Unterhaltung.

Für alle. Drum haben wir absichtlich ohrtographische sowie grammatikalischen, derbe Schnitzer platziert, um es auch für den Humor resistenten *Know-It-All* attraktiv zu machen. Wer beim Lesen alle 354 entdeckt, und dabei nicht ein einziges Mal geschmunzelt hat, ist bereits tot und bekommt von uns zum traurigen Anlass ein jenseitslanges Streaming Abo für *The Sixth Sense* geschenkt.

Pubertät

Der hier ist für alle Eltern da draußen,

deren Kinder in der Pubertät sind, und die sich Sorgen machen, dass ihre Kleenen in dieser emotionalen Detonations-Periode die eine oder andere größere Dummheit begehen könnten. Anhand einer kleinen Anekdote aus meiner Kindheit möchte ich Euch gerne mitgeben, wie meine Eltern es geschafft haben, mich auf eine ziemlich raffinierte Art vor einer groben Torheit zu bewahren. Also wirklich sehr, sehr geschickt.

Tipp! der Woche

Meine Eltern waren immer sehr um meine Gesundheit bemüht, gerade was das Thema Ernährung betrifft. Waren aber auch nicht blauäugig und wussten genau, der Junge kommt bald ins Partyfähige Alter und haben sich dementsprechend Sorgen gemacht. Stichwort: Komasaufen. Davor wollten sie mich schützen, mit all seinen unangenehmen Begleiterscheinungen. Wenn man morgens entmenschlicht in der Ecke liegend erwacht und feststellen muss, dass die anderen sich ganz üble Späße mit einem gemacht haben. Diffamierende Fotos geschossen, entwürdigende Videos gedreht, oder einem mit Edding Schwänze auf die Wangen gemalt haben.

Deswegen haben meine Eltern sehr früh präventive Maßnahmen eingeleitet. Ich weiß noch, bei den anderen Kindern gab's mit Wasser verdünnten Apfelsaft - in meinem Nuckel war ein klein wenig Äppler - Apfelwein. Die Dosis wurde im Laufe der Zeit behutsam erhöht, damit mein Körper sich grundlegend, aber auf schonende Art, an den Alkoholkonsum gewöhnt. Ziel war, dass ich in einer Gefahrensituation wie dem Komasaufen der Letzte sein würde, der sein Bewusstsein verliert.

Mit 12 durfte ich mit meinen Freunden zum ersten Mal meinen Geburtstag in unserem Hobbykeller feiern. Als Geschenk gab's von meinen Eltern drei Kisten Apfelwein - und 'n schwarzen Edding.

Ingwer statt Kaffee

Kaffee könnt Ihr übrigens

perfekt durch Ingwer ersetzen. Es kommt nämlich nur auf die richtige Zubereitung an.

Tipp! Der Woche

Ihr braucht dafür:
ein großes Stück Ingwer
einen Teelöffel

Jetzt nehmt Ihr den Ingwer, Ingwer ist ja sehr geruchsintensiv, und haltet ihn ungefähr auf Nasenhöhe. Dabei besonders wichtig: Auf keinen Fall weiter als maximal 17 cm von der Nasenspitze entfernt. Dann nehmt Ihr den Teelöffel und fangt an, den Ingwer abzuschaben, und zwar ganz, ganz fest. Und irgendwann werdet Ihr ganz, ganz sicher so 'n phatten Spritzer Ingwer in die Augen kriegen, und dit brennt wie Hölle - und so schnell macht kein Kaffee der Welt wach.

Hilfe bei einer Depression

Die Psychologie ist ein wahrlich schlechter Ratgeber.

Sie geht zu sehr ins Detail. Analysiert Deinen Charakter, Deine Vergangenheit, Dein soziales Umfeld, Deine (sexuellen) Neigungen, lustigen Ticks usw., und holt dabei den über Jahre angesammelten Müll, von dem Du so froh warst, dass er endlich begraben gewesen war, wieder hoch, im Bestreben, irgendwas angeblich mega Wichtiges zu verarbeiten, weil Du Dich nur so danach besser fühlen können würdest. Sie verrennt sich dabei sowas von in dieser fragwürdig weit gestreuten, nicht enden wollend unübersichtlich feingliedrigen Detail-Analyse, um zwingenderweise verschiedenste Symptome verschiedenster pathologischer Extrem Zustände zu entdecken. Oft zwar nur in Form von Annäherungen an diese, aber ausreichend verunsichernd, dass Du diesen gruseligen Kram irgendwann glaubst und Dich dann nur noch schräger fühlst, als Du Dich ohnehin schon gefühlt hast. Das kann's doch echt nicht sein.

Die Philosophie hingegen sieht ein Problem in seiner Gesamtheit und bietet simple, ganzheitliche Lösungen. Sie sind leicht umzusetzen und bieten schnelle Hilfe.

→»

Tipp! Der Woche

Im Falle einer Depression hieße das zum Beispiel: Anstatt Dich hoffnungslos in einem krankmachenden, psychoanalytischen Labyrinth zu verirren - bitte doch lieber die Philosophie um Rat und denk Dir einfach:

Fick dich, Universum!

Problem gelöst.

Tipp! Der Woche

zuvorkommend zuvorkommen (höflich bleiben, aber schneller sein)

Trash Poem ©

Ein Fuß in del Tül
ist bessel
als eine Hand in
Fenstellahmen

(aus: Konfuzius' Haushalt-Memoiren)

Top 6 Comments zu Max

Meine liebe, langjährige Gefolgschaft weiß,

was jetzt kommt. Für die zwei, fünf Übrigen, an denen der Mega MUSIC WART Hype aus nicht nachvollziehbaren Gründen dann doch irgendwie vorbeigegangen zu sein scheint, hört Euch bitte zuerst folgendes Audio Demo zu meiner Person an:

Dazu bitte diese wunderschöne Sonnenblume auf

maxvoederhoefen.de/portfolio/

anklicken:

Diese, meine lieblich süße, erotisierend anmutige, mit einer von Gott gar heilsamen Wirkung beschenkten Lache, wurde leider immer wieder falsch interpretiert. Die erstaunlichsten 6 rezeptiven Deutungs-Fehltritte von Euch haben wir behalten. Üble Frechheiten, also wirklich, ganz fiese Sachen dabei. Und - wir haben uns jetzt entschlossen, die rauszuhau'n. Scheiß' was drauf.
Und los geht's.

Top 6 Comments

6.
Deine Lache klingt wie 'n Chorknabe, den man weit vor'm Stimmbruch noch zusätzlich kastriert hat.

5.
Hey, wie fühlt sich's an hier draußen? Man kann ganz deutlich hör'n, dass du deine Kindheit angekettet in 'nem dunklen Keller verbringen musstest.

4.
Großer Gott, wie musst du erst klingen, wenn du Verstopfung hast?

3.
Deine Lache klingt wie 'n abtrünniger russischer Geheimagent, den man vergeblich versucht hat, mit 'ner 10.000-Fachen Überdosis LSD unschädlich zu machen.

2.

Hey Max, kleiner Tipp: Du musst den Bußgürtel aus Metall am Oberschenkel befestigen, nicht an den Testikeln LOL

1.

500 ausgehungerte Ratten, die man mit kochend heißem Wasser übergießt, könnten niemals einen unangenehmeren Ton als deine Lache hervorbringen.

Das ist wirklich das Allerletzte, Ihr Lieben. OK, hat Euch scheinbar Spaß gemacht. Ja, meine Lache kommt wirklich gut an. Also jetzt nicht bei allen, aber bei den wenigsten. Meine Freundin liegt mir deswegen auch schon lange in den Ohren. Sie hat mal zu mir gesagt: "Max, Du bist eigentlich 'ne Frau. Also nicht schwul, sondern 'ne Frau. Du empfindest wie 'ne Frau - und klingst beim Sex wie 'ne Frau. Für mich geht das völlig OK. Mir tut's nur Leid wegen meine Freundin, weil die sich immer so erschreckt: "Huch, war ich das eben, oder war er das jetzt schon wieder!" Das ging sogar mal so weit, dass meine Nachbarin bei mir geklingelt hat - True Story! - so 'ne neugierige. Klingelt doch tatsächlich, nur um mir zu stecken: "Max, Deine Freundin betrügt Dich," da hab' ich erst so kurz Panik gekriegt, "mit ner Frau!". Da wusst' ick denn: 'Allet jut Max, na dit war'n wa ja wohl selber.'

Popeln

Wer auch so auf Popeln steht, wie ich,

und sich oft darüber ärgert, dass gerade wenn man so richtig Bock auf 'ne Runde Bohren und Kneten hat, nichts Brauchbares aus dem Zinken zu ernten ist - Augen, Ohren und Nase auf! Popeln - ungeniert, von Herzen, voller Lebensfreude und vor allem - zu jeder Zeit. Auch wenn die Nase leer ist, kein Grund zum Verzweifeln. Wir haben uns mal wieder von der Lebensmittelindustrie inspirieren lassen und nur für Euch einen Instant-Baukasten für eine schnell herzustellende, Ultra knetfähige Popelmasse erstellt. Für einen Marathon Popel-Spaß für Euren nächsten Serien-Marathon.

Tipp! Der Woche

Wenn Ihr so richtig große Popel haben wollt, dann dürft Ihr mindestens zwölf, besser sechzehn Stunden vor dem gewünschten Zeitpunkt des Vergnügens, nichts trinken. Das sind die Besten. Über einen langen Zeitraum angezüchtet, aromatisch, wie ein guter, alter Wein, versprechen sie ausgedehnten Knet Spaß. Die kriegen dann nämlich diese tolle, gummiartige Konsistenz. Alle nur erdenklichen Knetformen sind realisierbar. Auch haarfeine, Zentimeter lange Schnüre. Versprochen. Oh, ick liebe die! Total geil. Wer aber keine Lust auf sechzehn Stunden dursten hat - hier der Instant-Trick zur Herstellung einer tollen Popelmasse für alle Popel Fans, die mal rasch zwischendurch einen fetten Ivan rausdrehen wollen, ohne sich aber wegen Materialmangels (Achtung, lange Fingernägel!) die Nase blutig zu kratzen.

Tipp! Der Woche

Nase leer? Kein Problem! Für den schnellen Popel Spaß mal zwischendurch brauchst Du:

fein gemahlenen Pfeffer,

Mehl,

Magnesiumsulfat und

Curcuma Pulver,

das verleiht dem Endprodukt 'ne authentische, eitriggelbe Farbe.

So macht Ihr Euch ganz einfach 'ne super knetfähige, hochverarbeitete Instant-Popelmasse. Und los geht's!

Schritt 1

Vermenge das Mehl und Curcuma Pulver im Verhältnis 10:1, ganz wenig Curcuma nur. Magnesiumsulfat kannst Du in der Drogerie als Nahrungsergänzungsmittel ersteigern.

Schritt 2

Nimm einen Hauch fein gemahlenen Pfeffer, streue ihn auf den Handrücken und denn, wie Schnupftabak, einfach ein schnupfen. Dit brennt jetze 'n bisschen, aber die Nase läuft. Und dit woll'n wa ja! Denn nimmste 'ne maskuline Dosis vom Mehl-Curcuma Mix. Ooch uffn Handrücken, ein schnupfen. So, jetze is' dit Janze viel zu feucht und pampig in der Nase - ach so, atmen müssta durch 'n Mund, die Nase ist zu. Das Magnesiumsulfat, nich' kleckern, 'ne ordentliche Dosis, ooch uff 'n Handrücken, rinn! Nun mit Zeigefinger und Daumen der rechten Hand die Nase zuhalten, und denn mit 'm kleenen Finger von der linken Hand so 'n bisschen Kneten, die Nase, von rechts und links, müssta gucken, wie Ihr rankommt immer. Dit Janze 45 Sekunden lang. Die Nase aufmachen - da muss Luft ran. Aber Vorsicht: Nur radikal zurückhaltend einatmen, nüsch dat dit hinten die Nase runterläuft. Soll ja Spaß machen. Dreimal sanft ein- und ausatmen - fertig!

Das Magnesiumsulfat hat nun in kürzester Zeit die begehrte Masse ausgetrocknet. Das ist genau die richtige Konsistenz und vor allem 'ne mega-geile Menge. Wenn Du es richtiggemacht hast, dann reicht das - Achtung,

Tipp! für Pärchen! - um aus jedem Nasenloch jeweils einen Trauring zu kneten. Wär´ doch mal wat anderet, als immer nur Gold, wa! Die frisch gekneteten Ringe noch 9 Minuten bei 180° im Ofen aushärten lassen - denn halten die auch locker bis zur Scheidung.

Pfütze

Ja, Ihr Lieben, schlechte Nachrichten.

Ick hab' diese Woche überhaupt keene Zeit jehabt, irjendwat vorzubereiten für Euch, wat lustijet, weil, äh, ich weiß gar nicht, ob ich's erzählen soll, aber ich hatte gesundheitliche Probleme. Die ha'm mir, äh, ich erzähl's jetzt einfach mal. Ick hab 'ne Warze am Fuß. 'N rüschdüsch üblet Teil. Ha'm se mich vier Tage dabehalten. Ohne Mist! Ja, und denn ha'm se mir dit Ding mit örtlicher Betäubung rousjeschnitten. Ey, dit hat jemüffelt, dit hat rüschdüsch jestunken, voll mit Eiter un' so. Übel. Hab' ick denn wegen Infektionsgefahr länger bleiben dürfen.

...

Herzlichen Dank für Eure Kommentare zur letzten Sendung, und danke der Nachfrage: Meine Warze am Fuß ist super verheilt. Also fast ganz. Na ja, nässt noch 'n bisschen. Ick dacht letzt', ick wär mit 'm rechten Schuh in 'ne Pfütze jetreten, aber dit kam von innen.

Trash Poem©

Geschickt zu sein

ist immer von Vorteil

Sei es im Sinne von

behende

oder

hochdosiert

MUSIC WART BUSINESS SET

Jungs, dit kennta:

Ihr seht so 'ne Nobel Karre vorfahr'n. Denn steigt uff der eenen Seite so 'n Nicht Gesicht aus und uff der ander'n 'ne mega hotte Ische. Und Du fragst Dich nur: "Wie hat der dit jemacht?" Noch viel wichtiger ist aber die Frage: Was kannst Du tun, um ooch an so 'n geilet Teil ranzukommen?

Ja, wie ist der hässliche Pupser in dem Nobel Schlitten an die rattenscharfe Braut gekommen und nicht Du, obwohl Du hundertmal hübscher bist als der? Na ja, die Antwort liegt auf der Hand. Er hat die Scheine, Du nicht. Er den breiten Nacken, Du die schmale Brieftasche. Dieses Phänomen ist ganz leicht zu erklären.

Wenn Du als Typ hübsch bist und das von morgens bis abends im Spiegel siehst, stellt sich ein Gefühl der Zufriedenheit ein. Du hast also keinen Grund, irgendetwas zu verändern. Anders, wenn Du ein wenig ansprechendes Äußeres besitzt und Dich deshalb gar nicht gerne im Spiegel betrachtest. Und nicht nur das. Du wirst dann gerne auch satt gehänselt. Das macht Dich auf Dauer skrupellos und schafft Motivation, auf anderem Wege Glück zu erfahren. Du hast dann nur noch die Batzen im Kopf und gehst über Leichen, um stinkereich zu werden. Wenn Dich also die Natur mit besonders viel

Schönheit benachteiligt hat, und Du deshalb verflucht bist, arm zu sein - hier kommt die Lösung:

Tipp! Der Woche

Das MUSIC WART BUSINESS SET macht Dich in Windeseile zum mega erfolgreichen Womanizer. Unpacking!

Hauptsächlicher Bestandteil vom MUSIC WART BUSINESS SET ist das Shady Pink - Business Döschen. Mal aufmachen… oh ja, prall gefüllt mit dem Original MUSIC WART Chinese Power - Feen Staub. Und zwar exakt 35 Gramm.

Was noch… (raschel, knister) … ah ja, ein langer Bambus-Strohhalm mit dem Original MUSIC WART Logo. Nice. Und…eine Visitenkarte. Dazu später mehr.

OK, wichtig ist, dass Du den Feenstaub 3 x täglich gewissenhaft benutzt, gerne aber auch öfter! Je schneller die Dose leer, desto näher bist Du Deinem Ziel. Der Feenstaub wird in kürzester Zeit Deine Haut mit so unglaublich vielen Pickeln überziehen, dass Dich Deine eigene Familie nicht wiedererkennen wird. Dazu wirst Du garantiert in 3 Wochen bis zu 20 Kilo an Gewicht verlieren, und zwar egal, ob Du übergewichtig oder magersüchtig bist. Das ist sehr wichtig, damit Deine Augen so weit schrumpfen, dass sie weit nach hinten in die Augenhöhlen fallen. Das sieht mega gruselig aus und dit woll'n wa ja!

Die Applikation erfolgt übrigens nasal, mit Hilfe des Original MUSIC WART Bambus Strohhalms. So schwillt Deine Nase irreparabel auf die gefühlt 10-fache Größe an. Und mit diesem See-Elefant Face Hoden findest Du ohne die dicken Scheine garantiert keine Partnerin mehr.

Was ist eigentlich drin im Feen Staub?

Eine Mischung aus harmlosen Derivaten, wobei zwei davon, molekular betrachtet, dem Methamphetamin und Fentanyl nicht ganz unähnlich sind, aber halt nur Derivate und absolut legal. Wenn das Döschen aufgebraucht ist, hast Du Dein Problem *zu hübsch, um reich zu sein*, gelöst. Natürlich wird Dir danach 'was fehlen. Dann nimm einfach die beigefügte MUSIC WART Visitenkarte und ruf' bei unserer Hotline an. Unser geschultes Team steht Dir jederzeit bei Deinem Entzug hilfreich zur Seite. Ein Blick in den Spiegel reicht nun, und Du wirst vor Motivation platzen, Dich aus dieser hässlichen Situation wieder zu befreien. Deinem Weg zum Reichtum steht nichts mehr im Wege. Selbstredend übernehmen wir keine Gewähr, garantieren können wir für nichts. Solltest Du Dich irgendwann statt auf einer Yacht mit Champagner Glas in der Hand im Görli mit Löffel und Spritze wiederfinden, dann hat es diesmal leider nicht geklappt. Aber, hey, nicht verzagen, Kopf hoch! Vielleicht klappt's ja beim nächsten Mal. Denn hier kommt die gute Nachricht: Ab der zweiten Bestellung bekommst Du das MUSIC WART BUSINESS SET schon zum halben Preis! Dann klappt's bestimmt.

Lyrik

Folgender Beitrag entstammt lustigerweise BookiLeaks.

Ein noch geheimes Manuskript von J.K. Rowling über ihren nächsten Harry Potter Roman, ja, es kommt noch einer, ist tatsächlich durchgesickert. True Story! Ich hab' mal reingelesen. Das Buch ist in seiner Gesamtheit doch recht nüchtern gehalten. Kein Wunder, Harry Potter ist schon etwas in die Jahre gekommen, Ü50, und muss im Rahmen eines Darmkrebs-Vorsorgeprogramms bei einer Gastroenterologin eine Darmspiegelung machen lassen.

Trotz dieser Nüchternheit hat das Werk aber nichts von seiner Magie verloren. Das Gedicht, das Harry im Wartezimmer seiner Ärztin, in Gold eingerahmt an der Wand hängend, liest, das findest Du umseitig und nur hier, exklusiv bei MUSIC WART.

↠

Trash Poem©

Gastro Hexe

traurig Wesen

statt aus Kaffee

Stuhl gelesen

(aus dem Wartezimmer einer Gastroenterologin in Hogwarts)

Anmache

Am Wochenende war ich mal feiern nach langer,

langer Zeit wieder, und muss sagen, ich hab' gestaunt, dass sich dieser magersüchtige Model-Gerippe Look so lang gehalten hat. Das der immer noch so angesagt ist, hätt' ich nicht erwartet. Ich find's ja toll, persönlich, und hab' dann dementsprechend auch so 'ne ziemlich billige Ranschmeiße gestartet, an so 'ne wirklich hyperschlanke und todschicke Ische. Also, meine Sprüche waren wirklich unterirdisch primitiv und ich hab' keine Ahnung warum, aber es hat funktioniert, und wir sind dann tatsächlich morgens noch zu ihr nach Hause. Hab' die Proportionen aber völlig unterschätzt. Die zieht sich also aus, und denn sah dit aus, als hätte die ihre zweete hinter sich und würde jetzt schon uff ihre dritte Vulva-Vergrößerung sparen.

Da kam überhaupt keen erotischet Jefühl uff. Ick hatt' die janze Zeit Angst, dat die mich jetzte um Jeld anpumpt.

Schlau, wie ich dachte, dass ich wäre, hab ich's am Wochenende danach nochmal versucht, und das hat dann nicht ganz so gut funktioniert. Also echt, 'n janz flachet Ding. Peinliche Pseudo Anmache. Na egal. Ick dachte, dit wär' würklüsch mal wat anderet. Wollt Ihr's hör'n?

Also ich so: "Hey, Dein Gesicht kommt mir unbekannt vor. Kann es sein, dass wir uns noch nie gesehen haben?"

Und sie so:

"Doch, eben gerade. Leider."

Dann wollt ich's noch retten mit:

"Leila! Oh, das ist aber 'n schöner Name. Hi, ich bin Max!"

"Max! Klingt wie Hodensack!"

Na ja, und spätestens da wusst ick denn...

Malediven

Ich lieg' gern am Strand.

Im Sommer war ich auf den Malediven. WART ihr da mal? Ein Hauch zu teuer, ich geb's zu, aber auch total schön. Nur haben die so 'ne sehr, sehr seltsame Art von Humor auf den Malediven. Ich lauf' also so den Strand entlang. True story! Und auf einmal kommt so 'n riesen Schild, direkt am Wasser. Steht drauf:

Auch wenn sie Ihre eigenen Arme und Beine benutzen,
es bleibt eine Ordnungswidrigkeit und wird mit hohen
Geldbußen bestraft. Also bitte, füttern Sie nicht die Haie!

Whaaat! True story! Ich bin dann trotzdem ins Wasser gegangen, einfach, weil ich an Reinkarnation glaube. Ja, warum glaube ich eigentlich an Reinkarnation? Wahrscheinlich, weil ich so furchtbare Verlustängste habe. Freunde, Familie, wenn ich nur daran denke, dass mich jemand verlassen könnte, bricht biblische Panik aus. Dann geht bei mir gar nichts mehr. Und deswegen hab' ich - ah ja, *Tipp! Der Woche* - erst kürzlich ans Universum den Wunsch gesendet, in meinem nächsten Leben wiedergeboren zu werden als - Nikotin. Weil sich dann meine Freunde, egal wie sehr sie mich auch hassen, nur furchtbar schwer von mir trennen können.

Clothing Tipps!

Umweltfreundlich und nachhaltig. Und los geht's!

Tipp! Der Woche

Löchrige Socken dürft Ihr auf keinen Fall wegwerfen. Einfach 'ne Fassrolle machen, also um 180° drehen und mit der Ferse nach oben tragen. Das schnürt zwar 'n bisschen den Spann ein, aber die Löcher sind weg. So könnt Ihr die noch 'n halbes Jahr weitertragen. Geil, wa!

Hier profitiert die Umwelt direkt. Mit folgendem Tipp! sparst Du jede Menge Waschpulver ein.

Tipp! Der Woche

Den Trick, mit Deo und Parfum den Schlüpper so zu behandeln, dass man den ohne zu müffeln unhöflich lange tragen kann, kennt ja schon jeder. Dummerweise verändert das Gewebe aber nach 'ner gewissen Tragezeit seine Struktur. Dieses Problem löst Ihr spielerisch mit 'nem Trick aus der Lebensmittelindustrie. Dort verwendet man Natron, um minderwertiges, zähes Fleisch schön zart und weich zu bekommen. Das funktioniert auch hier. Eins zu eins. Dazu den Schlüpper einfach alle drei Tage mit einer Nuance Natron einpudern - denn wird der selbst nach acht bis neun Wochen tragen nich´ steif.

Gesichtsrasur Special

Wie kannst Du der Rasur-Industrie,

die Dir mit minderwertigen Superschnell-Verschleiß-Produkten das Geld aus der Tasche ziehen möchte, ordentlich eins auswischen?

Mit diesem *Tipp!* kannst Du verdammt viel Geld sparen. Nur mit unserer Methode wirst Du in der Lage sein, Dich mit einer einzigen 4- oder 6-Fach-Klinge monatelang rasieren zu können, ohne dass sie stumpf wird.

Tipp! Der Woche

Am besten funktioniert's beim Duschen. Ziel ist, die harten Bart Stoppel Daunenweich zu bekommen. Nehmt den Duschkopf, stellt einen nur äußerst schwachen Strahl ein, die Temperatur aber auf Brühheiß. Ihr müsst Euch beim Kontakt mit dem Wasser richtig erschrecken, sonst wird's nix. So, und jetzte brutal wichtig: Die Lippen maximal nach innen stülpen, die sind hochempfindlich. Sonst macht's eher weniger Spaß. Dann mit dem Duschkopf mega-kurz den Bartbereich benetzen. Maximal 'ne ⅕ Sekunde. Du musst Dir nichts beweisen. Is' eh schon hart genug. Kurz den Schmerz genießen, oder überstehen, je nach Charakter, und dann knallhart nochmal drüber. Auf geht's! Vor allem im Kinnbereich, da sind die Stoppel besonders hart. Einmal durchschütteln und - ja, genau - nochmal drüber. Volle Rotze! Dann noch ca. ne halbe Minute warten, denn sind sie flauschig weich. Rasierschaum drauf und elegant und problemlos rasieren, ohne dass sich die Klinge erwähnenswert abnutzt.

Ey, ohne Scheiß, ich hab' so 'n Ding schon vier Monate lang benutzt. Geil, wa! Das einzige, was 'n bisschen doof kommt, ist, dass Eure Wangen vom brühend heißem Wasser knallrot anschwellen werden, genau wie die Gesäßregion der Pavian Weibchen während der Zeit um den Eisprung. Stellt Euch dit ma' bitte visuell vor. Aber hey, no pain, no gain.

Ach ja, und schickt uns danach doch gerne Fotos von Euren heißen Pavian Bäckchen.

Tipp! Der Woche

Gönnt Euren grauen Zellen genug Auslauf, damit sie schön fit bleiben:

Use it or lose it

Du musst Deinem Denkapparat, um ihn in Form zu halten, immer viel Bewegung verschaffen. Deswegen heißt es ja auch nicht Steh- oder Sitz-, sondern Gehirn (ich liebe Kalauer).

Trash Poem©

Erst die Pause

Dann das Vergnügen

Symmetrie-Schönheit-Knattern

Knatter Talk. Für Freunde des Lasziven.

Knattern in Funktion eines Vektors aus Symmetrie und Beauty. Oder einfach gefragt: Was hat Knattern mit Schönheit und Symmetrie zu tun? Betrachten wir einmal Schönheit in Bezug auf Konflikte, die entstehen können, wenn Du plötzlich vor der Entscheidung stehst, etwas sehr Schönes, in lust- und liebevoller Absicht, zerstören zu müssen.

Shady.

Ja, das ist es wirklich. Aber Du bist hier nicht umsonst bei MUSIC WART, und natürlich haben wir einen *Tipp!* für Dich, wie Du dieses Problem ganz leicht umschiffen kannst.

Let me explain:

Vor nicht allzu langer Zeit habe ich im Urlaub eine wunder, wunderschöne Ische kennengelernt. Kennste dit, dass Du jemanden einfach nur anschauen möchtest, weil er so perfekt ist? Na ja, und irgendwann hat sie sich gewundert, warum ich keinen Sex mit ihr haben wollte. Ich hatte halt irgendwie dieses unterschwellige Gefühl, dass wenn ich sie jetzt krass durchbürsten würde, dieses perfekte visuelle Arrangement, alles war äußerst symmetrisch angeordnet, Augen, Ohren, Nasenlöcher, Brüste, dass ich diese vollendete Schönheit durch wilden Sex zerstören könnte. Oder noch schlimmer, sich Falten bilden könnten und ich sie wegen diesem Verschleiß nicht mehr so gerne anschauen wollte. Und wenn sie äußerlich nichts mehr hergäbe, wäre das einzige, was mir dann noch bliebe, eine rein sexuelle Beziehung mit ihr zu haben. Letztendlich dachte ich mir, dass es für sie doch besser wäre, einen Freund zu haben, der sie von morgens bis abends anhimmelt und sie dafür nicht durchnudelt, als einen, der sie nur noch vögelt aber sonst im Alltag keines Blickes mehr würdigt, weil er es nicht erträgt, ansehen zu müssen, wie er dieses wunderschöne Geschöpf - wegen seiner niedersten Instinkte - in Müll verwandelt hat.

Tipp! Der Woche

Hey, such Dir lieber was fürs Herz, also 'n Partner, der Dich optisch erst gar nicht in so eine Konfliktsituation zu bringen vermag.

Resilienz Kapitel 1

Wie senke ich eigenhändig, entschlossen,

aber angemessen schmerz reduziert meine Empfind-samkeit? Resilienz.

Klingt furchtbar trocken, muss es aber mit den richti-gen Zutaten gar nicht sein. Gehen wir's mal 'n bisschen feuchter an.

Wir zeigen Dir, wie Du Deine Empfindlichkeit erheb-lich senken kannst, indem Du Dich beherzt und mutig neuen Aufgaben stellst. Und das sogar, ohne größeren Schaden zu nehmen. Wir werden Deine Resilienz mit ei-nem einfachen Trick rücksichtslos bis zur gerade noch nicht komplett menschenverachtenden Gefühllosigkeit steigern.

Endlich Schluss mit *Pussen*

Mini Einsatz - Mega Effekt. Werde jetzt resilient wie ein stinkender alter Otter!

Tipp! Der Woche

Gewöhn' Dich nie daran, dass etwas zu perfekt ist. Du musst das Angenehme mit dem Unangenehmen, das

Gute mit dem Bösen *verbinden*. Stets muss in jedem von Beiden etwas von der anderen Seite der Medaille enthalten sein. Nie darf es zu schön oder zu hässlich werden. Das erreichst Du nur durch gezieltes *Verbinden*.

Übe das zum Beispiel mit Deiner Wäsche. Je frischer so 'n Schlüpper nach der Wäsche riecht, umso schneller gewöhnst Du Dich dran, wie schön angenehm sich das trägt. Je größer die Freude dabei, desto herber die Enttäuschung, wenn dit Ding dann doch nach 'n paar Tagen anfängt ordentlich zu müffeln. Genau hier musst Du ansetzen.

Lege eine Auswahl angetragener, leicht ranziger Schlüpper zusammen mit ein paar duftenden, frisch gewaschenen über Nacht in den Schrank, wo sie sich nun gegenseitig befruchten können. So haben die Getragenen wieder etwas Angenehmes an sich, während die frisch Duftenden auch schon eine Idee schrittlicher Vergänglichkeit in sich tragen, und Dich so nicht in blind abgehobenen Glücksgefühlen dämlich durch die Welt träumen lassen. Dit steigert Deene Resilienz unjemein. *Verbinden* is se key. Schluss mit Deinem frustrierten, intoleranten Dasein.

Üb' dit ooch gerne in der Küche. Den Apfelstrudel Teig knetest Du in Zukunft just auf dem gleichen Holzbrett, wo Du eben gerade noch Zwiebeln und Knoblauch geschnitten hast. Verrichte Deine Notdurft kurz vor dem gemeinsamen Abendessen. Lass danach die Toilettentür weit offen und alle anderen Teil haben an Deinem neuen Weg zum Glück. Gerade zum Jahresende. Viel, viel Spaß wünsch' ich Euch beim Einscheiden der vielen Köstlichkeiten an Weihnachten. Ausscheiden - Einscheiden. Macht Sinn. Was gibt's bei Euch? Weihnachtsgans? Aber bitte: oral!

Resilienz Kapitel 2

Im ersten Kapitel haben wir Dir gezeigt,

wie Du einer doofen Verweichlichung vorbeugen kannst, indem Du Angenehmes mit Unangenehmem *verbindest*. Ganz besonders gut angekommen ist die Methode der Cross Over Gerüche, z.B. leckerer Essensduft zusammen mit 'ner frisch gelorzten Wurst Note, weil Du die Klotür weit hast offenstehen lassen. Das senkt die Empfindsamkeit ungemein. Diesbezüglich geht ein ganz großes Lob raus an den Mirko aus Wilmersdorf, der die Idee so super fand, dass er seine Toilettentür jetzt dauerhaft ausgehängt hat. Applaus, Applaus, bist 'ne coole Socke, Mirko. So kann sich die ganze Familie nun gegenseitig mit warmen, süßlich - beißenden Duft Abenteuern fest in der Realität halten. Großartig! Traumfamilie. Der Mirko schreibt hier noch weiter: "Ganz besondere Anerkennung findet immer mein Sonntag - Morgendlicher Bierschiss zu Kaffee und Croissant Frühstück."

Mal ehrlich - Deine Reaktionen auf bestimmte Situationen sind doch immer die gleichen. Du ärgerst Dich über ein Missgeschick und freust Dich über 'ne gute Nachricht. Dadurch wirst Du entweder überempfindlich, wenn Du zu viel Glück erlebst, oder furchtbar frustriert, wenn Dir viel Unliebsames zustößt.

Tipp! Der Woche

Mach's doch einfach 'mal umgekehrt. Ärgere Dich über gute und freue Dich über schlechte Nachrichten. Zum Beispiel:

Shit! Gewonnen!
Oohh Mist, 'ne Rückzahlung!
Na toll! Ein Geschenk?

Und jetzt andersrum:

Yes! Daneben geworfen!
Wow, runtergefallen! Und kaputtgegangen! Yeaaah!
Mega! Eingekaaaaaackt!

Tipp! Der Woche

Lasst dit Auto ooch ma steh'n. Mit de' Eierfeile
kommt ma in Berlin sowieso besser voran.

Trash Poem©

Messer, Gabel, Schere, Joint

geb's dem Kind

bevor es groint

(Hessisches Kinderlied aus de Kerscheallee in Dammstadt)

Glück

Wenn Du glaubst, nur Pech im Leben zu haben.

Du, aus welchen Gründen auch immer, kein Glück empfinden kannst. Alles, aber auch wirklich alles nur nach der Nase der Anderen zu laufen scheint und das Ganze geht schon soooo lange und scheint auch überhaupt kein Ende mehr zu nehmen? Dann lass Dich jetzt einfach von uns gaaanz sanft umarmen. Denn wir von MUSIC WART haben genau an Dich gedacht. Wo immer Du da draußen bist, hier naht Hilfe. Glück zu empfinden kann soooo einfach sein.

Glück. Wie macht man's, dass man's empfindet?

Diese stete Suche nach noch mehr Glück, noch mehr Dinge zu sammeln. Guck doch mal, was Du alles für tolle Sachen schon hast, erstmal. Vielleicht kriegst Du sonst gar nicht mit, dass Du ja schon längst glücklich bist? Durch solchen Optimierungswahn, möchte´ ich ihn mal nennen, erwecke ich bei mir selbst ständig den Eindruck, dass mir etwas fehlt und empfinde so, dass ich unglücklich bin. Da lohnt sich's ab und zu lieber mal innezuhalten und zu gucken: Oooh, was hast Du denn für viele tolle Sachen, die Du schon immer haben wolltest.

Jetzt haste se, denn genieß die doch erstmal, statt ständig nach neuen Sachen zu kieken.

Tipp! Der Woche

Was totsicher immer funktioniert, ist der Vergleich nach unten.

Zum Beispiel:

Wenn Du 'n Golf fährst aber gern 'n Ferrari hättest - denk einfach an die armen Schlucker, die 'n Kia Picanto fahren müssen.

Oder:

Wenn Du lieber Helene Fischer zur Freundin hättest als Deine aktuelle - denk einfach an die armen Nerds, die überhaupt keene abkriegen!

Und sollte Dich Dein Alt-Sein anekeln und Du lieber jünger wärst, dann tröste Dich damit, dass Du mit Deiner hochgradig neiderfüllten Negativeinstellung damals, in jungen Jahren, höchstwahrscheinlich genauso unglücklich warst wie jetzt und deshalb überhaupt keine Besserung zu erwarten wäre, sondern sich das ganze Elend nur schmerzhaft wiederholen würde!

Also nimm das Leben endlich mal so hin, wie es ist und hör auf zu quengeln.

Dit Böse

Thema Glück hatten wir ja schon.

Wird Zeit, jetze mal über wat Unanjenehmeret zu sprechen.

Mit dem Bösen stellt sich eigentlich nur die eine Frage:

"Ma gucken, wie's sich heute verkleidet hat."

Tipp! Der Woche

Kennt Ihr dit? Man lernt so neue Leute kennen und findet die total nett und cool und allet, und weil man die ja für so nett hält, sieht man die quasi nur durch diese Nettigkeits-Brille. Aber denn rutscht irgendwann doch irgendwie dit Böse in die rinn. Und manchmal rutschtet ooch in eenen selbst.

Ja, und dit is' eijentlich schon allet, wat Ihr wissen müsst:

Wie hat sich's heut' verkleidet?
Wo isset rinnjehüppt?
Isset in mich rinnjehüppt?

Denn sofort ausspucken Leute! Denn isset zwar nüsch weg, aber denn wird sich's irjendwie anders verkleiden.

Uff jeden schon ma janz jut, wenn ihr dit aus Euch selber rousjewürgt habt.

Ja geil, eigentlich hochphilosophisch, wa! So, dit war allet zum Thema Dit Böse. Wem's nüsch jereischt hat, der kann sich's ja nochma durchlesen.

De-Automatisation

Ja, was hat's auf sich damit?

De-Automatisation, und zwar nicht im Allgemeinen, sondern, damit Dir nicht ganz die Füße wegpennen, im besonderen Bezug zum Issue SEX. Wenn Du glaubst, DIE Sex-Maschine schlechthin zu sein - verjiss et, biste nüsch. Nur wir von Music Wart verwandeln Dich in DAS Ultra-Sex-Monster! Wenn Du aber doch schon, weil's alle um Dich herum bestätigen können, DIE Pimper-Bums-Popp-Legende in Berlin bist, dann lass mir a) uff jeden Fall deine Nummer da, und hör Dir bitte b) trotzdem unseren Tipp der Woche an - Luft nach oben is imma.

Die Musiker: Innen unter Euch kennen dit.

Wer mal 'n Instrument gelernt und sich dabei eine schlampige Technik angeeignet hat, sei es, weil der Lehrer keinen besonderen Fokus auf Technik gelegt hat, oder auch, weil Ihr einfach zu faul zum Üben WART, der weiß, wie schwierig es ist, so 'ne angewöhnte, automatisierte schlechte Technik wieder loszuwerden. Nun der Bezug zum Issue SEX: Da hat man sich ja in der Regel die vom Partner erwünschten Techniken selbst aneignen müssen. Nur ganz wenige von Euch hatten den Mut zu sagen: "Hey Papa - oder Mama - könnt' Ihr mir zum Anlass meiner Entjungferung physisch beiseite stehen, euch aber im Hintergrund ruhig verhalten und bitte nur im Notfall eingreifen?"

So ne tolle Beziehung zu seinen Eltern hatten wirklich nur die allerwenigsten, glob ick. Na und dann hat man da so rumjeeiert und sich da so mehr durchjekämpft als jeliebt und jelustet, und die ersten 3 bis 17 Partner mit gähnend unwissenden und schlampig kontrollierten Jukeleien verschlissen und vergrault und, jetzt kommt's, sich dummerweise nie besonders darum bemüht, diese unbrauchbaren bis quälenden Nicht-Techniken endlich mal zu verbessern. Und genau wie beim Instrument lernen: einmal draufgeschafft bekommt man diese miesen Negativ-Automatismen kaum mehr raus.

Wie kannst Du nun Dein trauriges Vorgehen im Bett wieder de-automatisieren?

Wie Ihr ja alle wisst, sind wir hier bei MUSIC WART immer darauf bedacht, Deine Geldbörse weit möglichst zu schonen. Hier kommt Dein

Tipp! Der Woche

So, verjesst dit ma wieder mit dem Jeldbeutel schonen, aber janz schnell! Nur mit Pornos kieken is'da nüscht zu machen - auch gerade bei dem schrägen Kram, den Du da guckst, wirste Dir eher noch mehr Feinde im Bett machen, ne, ne, ne, verjiss ditte! Noch mal, hier ist unser

Tipp! Der Woche

Ja, is' jetzt nichts Besonderes. Der geübte Radioast ist wahrscheinlich schon längst selber draufgekommen: Jenau! Sucht Euch 'n hübschen Puff - mit Flatrate! Und dann quer durchs Programm arbeiten. Lasst Euch ma' ans Händchen nehmen und mal so richtig einführen - ins Metier mein ick. Und dann auch noch ganz, ganz, mega, mega wichtig:

Ihr dürft so 'ne prächtige Gilf-Erfahrung uff keenen Fall verschmähen. Dit kann ick Euch aus eigen... aus...aus...ei..eigen gesammelten Berichten von Bekannten...versichern. Na denn, viel Spaß! und viel Erfolg!

Fleisch Origami

Mach' mal bitte folgendes:

Falls Du etwas in der Hand hast, leg's mal bitte weg. OK? OK! Jetzt mach' die Hände auf und leg Deine rechte Handfläche auf Deine linke, und zwar im Winkel von 90°. Haste? Jut. Dann den Daumen der linken Hand über Zeige- und Mittelfinger der rechten Hand legen, aber nicht gerade, sondern so halb eingeknickt, also quasi auch im 90° Winkel.

Trash Poem©

Frauen werden

optisch

schneller schlecht

Männer sind wie

bestrahltes holländisches

Gemüse:

von außen lange hübsch anzusehen

aber ohne nennenswerten

Geschmack

Content Manager '26

Wenn Du jobmäßig orientierungslos

durch die Gegend zwirbelst, ein langes, aufwändiges Studium scheust und lieber gleich spielerisch Geld verdienen möchtest - wir hätten da was für Dich.

Tipp! Der Woche

Lust auf ein Abenteuer? Dann hol' Dir jetzt Content Manager '26. Handle über 30.000 Deletes, ohne auch nur einmal mit der Wimper zu zucken. Spüre ungerührte Überlegenheit, wo andere nur noch inkontinent erzittern. Enhance Deine Coolness. Kämpfe Dich durch die geilsten und gräulichsten Level, bis Du Dich endlich von allem nervigen und unsinnigen Mitgefühl befreit hast. Scheiß auf den Rest - no empathy is best! Gewinne eine Reise auf die Philippinen, inklusive V.I.P. Pass für unser Headquarter in Manila. Lösche eine Woche lang - Gratis! - Seite an Seite mit unseren abgezocktesten Managern die wildesten Contents ever. Hol' Dir echt jetzt 'ne phatte Schippe Reality, ungeschminkt und garantiert cuty-free. Content Manager '26. Face your fears. Kuscheln war gestern. Content Manager '26. Jetzt kostenlos online spielen.

Schönheitstipps

Erinnerst Du unser Special über Jungs,

deren Mütter sich mit einem Wolf gepaart haben? Nee? Denn aber janz fix updaten! Zu finden im Vorgängermodell *53 wirklich verdammt wichtige Tipps! für alle Lebenslagen*, Kapitel *Pofalte und Co.* (wir benutzten damals einen verirrten Ansatz bezüglich Deiner Gesäß Behaarung, den wir jetzt unter 1. korrigieren möchten).

Dabei haben wir heranwachsenden Teenagern einige Schrecken nehmen können, die sich konfrontiert sahen, mit einer gerade im Gesäßbereich doch vehement einschüchternden Haar Populationsdichte, in dem wir ihnen mit mega cleanen Hygiene Tipps hilfreich zur Seite stehen vermochten. Letzte Woche haben wir just zu diesem Thema eine Nachricht erhalten, und zwar von Mikesch aus Marzahn, der die Sendung damals gehört hatte. Er schreibt: "Danke nochmal für die tollen Hygiene Tipps, die haben funktioniert. Mittlerweile bin ich volljährig, aber irgendwie immer noch nicht besonders glücklich mit meiner Situation. Was kann ich noch tun?"

Diese Nachricht hat uns in der Redaktion so bewegt, dass wir dachten: "Mensch, da machen wir doch 'ne Sondersendung für alle da draußen, die auch so 'n bisschen mit starker Körperbehaarung zu kämpfen haben." Und diese Tipps lohnen sich wirklich. Für all diejenigen unter Euch, die morgens beim Aufwachen glauben, 'ne Sonnenbrille auf zu haben, weil ihnen über Nacht schon wieder die Augenbrauen übers halbe Gesicht gewachsen und ihnen scheinbar ihre Testikel hochgerutscht sind, wenn sie so die Büschel bestaunen, die aus ihren Nasenlöchern wuchern. Keen Grund zur Panik! Du glaubst nur Pech im Leben zu haben? Du hast verdammtes Glück. Denn nur so kannst Du von unseren mega kreativen und individuellen Schönheitstipps profitieren. Ohren auf (- rasieren), für unsere TOP 5 Schönheitstipps für gruselig kuschelige Möchtegern Schimpansen.

Tipp! Der Woche

5.
Rasier Dir mal 'n hippes Muster in Dein Brust Toupet, z.B. ein Herz oder Deine Initialen.

4.
Deine vertikal invertierte Schambehaarung im Lendenwirbelsäulenbereich darfst Du keinesfalls abrasieren, im Gegenteil. Schön wachsen lassen. Die hält nicht nur warm und ist somit die perfekte Prophylaxe gegen Bandscheibenvorfälle, sondern lässt sich auch ganz fix zum Arschgeweih trimmen. Tattoo gespart!

3.

In Deinen Rücken Pelz kannst Du kleine Muscheln und ganz süße, bunte Holzkügelchen einflechten, zum Beispiel im Rastafari Look. Das sieht nicht nur mega aus, sondern raschelt beim Gehen voll nach Karibik Strand.

2.

Die Bommel auf Deinen Schultern musst Du auch schön lang wachsen lassen. Lang genug, kannst Du Dir mit schicken Haarbändchen 'n kleenen Dutt machen, genauso, wie sie von Samurai-Kriegern oder Gladiatoren getragen wurden. Nur dass Du sie nicht auf dem Kopf, sondern auf den Schultern trägst. Davon aber gleich zwei! Die werden Dir im Schwimmbad mächtig Respekt verschaffen, weil sie wie Dienstgradabzeichen der Bundeswehr wirken.

1.

Wenn Du so den richtig fiesen Haarwuchs hast, wie ich zum Beispiel, dann rasier Dir bitte so um die Weihnachtszeit Hintern und Bikini Zone. Das regt Deinen eindrucksvollen Haarwuchs noch zusätzlich an. So entsteht ein Mega Effekt für den Textilstrand im Sommer: Da kannst Du Dir nämlich die doofe Badehose sparen, weil Du nackt aussehen wirst, als hättest Du eine an (siehe auch *53 wirklich verdammt wichtige Tipps! für alle Lebenslagen*).

Gesund kommunizieren

Du bekommst jetzt einen mega nützlichen Tipp, wie Du

Deinem naturgegebenen Mitteilungsdrang hemmungslos nachgehen kannst, ohne es danach übelst zu bereuen.

Wir sind ja eine typische Rudel-Spezies, bei der Kommunikation eine äußerst wichtige Rolle spielt. Wir müssen uns mit anderen austauschen, ob wir wollen oder nicht. Aber aufgepasst: Wehtun möchten wir uns dabei aber auch nicht. Wie kannst Du jetzt also Deinem natürlichen Mitteilungsbedürfnis nachgehen, ohne Dich dabei von Deinem Gegenüber schmerzhaft langweilen zu lassen oder gar verzweifeln, weil Du mit dumm und dümmsten Inhalten konfrontiert wirst. Das würde Dir kein gutes Gefühl proportionieren. Menschen sind Intelligenzallergiker.

Oder noch schlimmer: Du gerätst an ein hochbegabtes Wunderkind, das Dich so mit seinem abgehobenen Wissen zumüllt, dass Du Dich widerlich mickrig fühlst, es nur noch töten möchtest und es zutiefst bereust, dieses Gespräch selbst angeregt zu haben, weil Du mal wieder nicht Deine viel zu laute Oversharing Klappe halten konntest. Unglaublich - aber wahr! Wir von MUSIC WART haben einen Trick für Dich, wie Du aus jeder

doofen Unterhaltung wieder unbeschadet heraus-
kommst.

Tipp! Der Woche

Rede lieber mit Dingen, die nicht zurückreden können,
z.B. Haustiere, Instrumente, Pflanzen oder irgendwelche Gadgets.

Übertreib aber nicht. Sei nicht zu hart mit Deinen
neuen Gesprächspartnern. Pflanzen können eingehen
und selbst der treueste Hund rennt Dir irgendwann davon.

Einen weiteren Tipp! wie Ihr die vielen, vielen negati-
ven Vibes von dem Geschmeiß um Euch herum ganz
easy in den Griff bekommt, findet Ihr auf der nächsten
Seite, Abteilung Trash Poem.

Na denne, rinn mit der Birne in unser POETIC URINAL

↣

Trash Poem©

Es empfiehlt sich,

an unangenehme Menschen nur dann zu

denken,

wenn man sie nicht rechtzeitig verscheu-

chen konnte

und sie deshalb direkt vor der Nase hat

10 Bier - ohne Kater - garantiert

Fußballfans aufgepasst:

Der geht raus, aus tiefstem Herzen, an alle Fans von Deutschlands mit Abstand beliebtesten Neurotoxin:

Alkohol

Wir verraten Dir, wie Du Dich abwegig wegballern kannst, ohne es am Morgen danach zutiefst zu bereuen. Na, da jehn die Lauscher uff, wa! Alter, wat Du Dir imma so rinn schüttest.

Kennste dit? Du fährst an 'nem Plakat mit 'nem frisch gezapften Bier vorbei. Goldgelb strahlt es in Dein Herz. Kristallklare Tropfen perlen am Glas. Eine perfekte Schaumkrone, wie nur der Allmächtige allein sie erschaffen kann, thront auf dem heiligen Elixier. Du kannst ihren lieblichen Duft jetzt schon förmlich riechen und in Deinem ganzen Körper verbreitet sich ein vertrautes, wohliges Gefühl. Und dieses Gefühl ist kein Fake. Es ist nämlich wissenschaftlich erwiesen, dass beim bloßen Anblick dieses wunderschönen Bieres das Gehirn sofort Dopamin ausschüttet, also genauso, als würdest Du wirklich ein Bier trinken. Die Empfindung ist die gleiche. Total geil eigentlich. Blöd: Wenn das Plakat wieder aus Deinem Sichtfeld verschwindet, lässt auch sogleich die Wirkung nach. Und dit woll'n wa ja nüsch.

Wie kannst Du also dieses Gefühl aufrechterhalten, ohne saufen zu müssen und den doofen Kater am nächsten Morgen?

Tipp! Der Woche

Ihr müsst Euch umzingeln mit Bildern von 'nem schön frisch eingeschenkten Bier. Zum Beispiel:

Druck Dir das Bild auf Deine Jacke. Vorne natürlich. Du tust es nicht für die anderen!

Toll auch im Winter: dringend auf die Handschuh Rücken. Mega für Radfahrer - Ihr seht, also fühlt den Rausch die janze Zeit beim Fahren und trotzdem: Null Promille! Wie geil! Vergiss die dünne Radler Plörre, hier kriegst Du die volle Dröhnung.

Für zu Hause dann die Wohlfühlklamotten bedrucken, inklusive Socken.

Die Trinkgläser fürs Essen. Wieder Bier gespart.

Auch auf keinen Fall vergessen: das Klopapier. Du willst doch gerade beim Lorzen nicht abtörnen und empfindest so gleich die doppelte Freude - Erleichterung Plus. Und auch wenn's komisch klingt: ins Kinderzimmer muss natürlich auch das eine oder andere Bier Poster, damit Ihr ausgerechnet beim Spielen mit die Kleenen nüsch runterpegelt und schlechte Laune verbreitet - Ihr wollt doch keene schlechten Eltern sein. Keine Sorge, solange die Kleenen noch nie Bier getrunken haben, kann ihr Gehirn beim Betrachten der Bier Poster auch kein Dopamin ausschütten. Sollten die Rakker aber schon mal heimlich Bier jekippt haben, sind die im Kinderzimmer natürlich den janzen Tach besoffen.

Und jetzt der Sondertipp für die Profis unter Euch, die gar nicht davonlassen können: bitte transparente Bier-Sticker auf die Brillengläser kleben - Endless Beer Buzz!

Selbstverständlich darf für alle Hooligans das Bierflaschen Tattoo auf den Fingern ooch nüsch' fehlen. Und zwar auf allen Fingern:

10 Bier - ohne Kater - garantiert

Dit knallt! Und jetzt kommt dit rüschdüsch Geile: Uff jeden Finger 'ne andere Biersorte. Endlich darfst Du nach Herzenslust durcheinander saufen, ohne morgens noch 'n dickeren Kopp zu kriegen.

Na denne, Prost!

Erst aufessen

Wenn mal wieder sau viel Scheiß

in Deinem Leben passiert, hast Du verschiedene Möglichkeiten, das zu handeln. Ignorieren ist dabei immer die beste Option. Auch gut: Als Bagatelle einstufen und abprallen lassen. Wenn Du aber derart streng angestrullert worden bist, dass dieser gewaltige Scheiß Dich einfach nicht mehr loslässt, so sehr Du auch versuchst, den Fokus auf schöne Dinge zu lenken - was dann?

Es hat Dich diesmal deutlich spürbar getroffen, warum auch immer. Vielleicht aus mangelnder emotionaler Intelligenz? Aus nichtigen, aber manchmal immens anhänglichen "swallow your pride" - Insuffizienzen?

Im Allgemeinen sind es gerne Aggressionen intraspezifischer Natur, nämlich die anderen doofen Homo Sapiens Teilnehmer, die das alles verursacht haben. Na, und wenn's dann halt so ist, kann man sich mit "Fire and forget" Substanzen schnelle, leider aber nur vorübergehende Hilfe erkaufen. Der ganze Mist kommt ja in der Regel, gerade bei Alkohol, am nächsten Tag wieder doppelt schön zurück. Preislich uninteressant. Nich' mein Ding.

Noch 'ne Methode: Absichtlich kleine, geringere Probleme künstlich erschaffen, die einen vom Ur-Problem ablenken. Dit jeht ooch. Mittlerweile geht bei mir 'n

Upgrade (bin ganz stolz, funktioniert nicht immer, aber selten). Im Sinne von *Du musst den Schmerz umarmen, ihn aufrichtig in seiner vollendeten Abscheulichkeit restlos auslutschen*, denk ick mir nur noch so:

Tipp! Der Woche

Komm Max, iss erst mal DEN ganzen Scheiß uff - DANN kriegste was Neues.

KKK

Warum greifen Jugendliche zu Drogen?

Also vorwiegend Alkohol, Zigaretten, Cannabis aber auch sehr weit verbreitet Benzodiazepine, Opioide, die Liste ist lang. Wer nämlich glaubt, dass das auf Experimentierfreude, pubertär-depressive Phasen, narzisstischen Geltungsdrang oder einfach nur Lust auf Party zurückzuführen ist, liegt komplett falsch. Was aber ist der wahre Grund, und was hat der 3K, also der KKK damit zu tun?

Liebe junge Eltern, gleich folgen mega wichtige Tipps, damit Ihr nicht unwissentlich Eure Kinder durch völlig unbedachtes Handeln in eine spätere Drogensucht treibt. Neueste wissenschaftliche Erkenntnisse haben bewiesen, dass eine hochgebräuchliche, versteckte Substanz der wahre Auslöser für ein erhöhtes, jugendliches Drogen Verhalten ist.

Pekuliar, aber wahr.

Um was es sich da genau handelt, und was der 3K, der KKK damit zu tun hat, das erfahrt Ihr jetzt und nur auf MUSIC WART:

Der erste Drogenkontakt, oft von den Eltern selbst schon provoziert, findet ja bereits im Kindesalter statt: "Ja, na so 'ne halbe Cola darfste schon." Denn tut's 'n

Schlag im Kinderschädel: "Ohh, wie geil!" Und die Kleenen sind ja ooch nüsch blöde. Da wird heimlich Cola jesoffen bis zum abwinken. Und zwar weil Koffein ja nicht nur fit macht, sondern bekanntlich auch eine psychoaktive Substanz ist. Dit hat ma janz schnelle raus, dat dit sooo geil zum Daddeln und Zocken ist. Denn *Koffein* ist die wahre Einstiegsdroge. Und der einzige Grund, warum Jugendliche irgendwann zu Alkohol, Cannabis, Benzos oder Opioiden greifen, ist, weil sie endlich was gefunden haben, wie sie von dem jahrelangen 3K, dem KKK, also dem Kindlichen Koffein Konsum runterkommen und chillen können.

Tipp! Der Woche

Verbietet Euren Kindern konsequent jeglichen Koffein-Konsum. Also wirklich konsequent, auch wenn Ihr Euch damit unbeliebt macht. Denn nur so bewahrt Ihr Eure Süßen vor 'ner erschütternden Drogenkarriere.

Außerdem verhindert Ihr so, dass die heimlich an Eure Vorräte geh'n und habt denn mehr in der eigenen Schatulle. Aber ballert Euch nüsch allet uff eenma rin!

Tipp! Der Woche

Immer Ruhe bewahr'n, Leute. Wie 'n berühmtet
mexikanischet Jericht schon sacht:
Chili con calma.

Trash Poem©

Wer einschenkt oder austeilt

ist grundsätzlich von

spendabler Natur

(Hooligan Ehren-Kodex)

Gerade 'n Anruf reingekriegt zu unserem Thema *Schluss mit den Skrupeln!* (siehe 53 *wirkliche verdammt wichtige Tipps! für alle Lebenslagen*) von Marian aus Steglitz - Zehlendorf, der tatsächlich während der laufenden Sendung seinen Border Terrier begeistert in Psycho Punk Violett gefärbt hat. Er schwärmt: "Hund mega - nur atmet seitdem schwer."

Guter Hinweis, lieber Marian. Die Schnauze müsst Ihr dringend aussparen, weil der Hund sonst beim Färben die giftigen Dämpfe einatmet. Oder wahlweise 'n bisschen spendabler sein und dit ohne Ammoniak koofen.

Der ging 'raus an Marian aus Steglitz- Zehlendorf. Total schöne Ecke, in der Du da wohnst, Marian. Gibt aber auch Bezirke in Berlin, da will nun wirklich niemand hin. Die Berliner: Innen bekommen dieses Wissen übrigens schon in der Grundschule vermittelt.

"So, Kinder, Aufgabe. Nenne mir drei Wörter für dit Gegenteil von Glück. Paul!"
"Äh, Unglück?"
"Ja."
"Pech?"
"Ja."
"Spandau."
"Richtig, Paul."

Urlaub für lau

Na, habta ma jekiekt,

wie schweineteuer so 'n Urlaub nach Malle und Co. jeworden is? Und noch weiter weg kann man sich wegen der unverschämt teuren Flüge ja noch viel weniger leisten. Sauerei, wa! Das hat uns in der Redaktion auch lange beschäftigt, und - wir haben recherchiert. Unser gesamtes MUSIC WART Team hat nur für Dich einen Mega-Geilen Plan entwickelt, wie Du Dir in Zukunft Dein Geld für teure Urlaube am wunderschönen und traumhaft warmen Mittelmeer komplett sparen kannst.

Tipp! Der Woche

Ihr braucht dazu:

250 Gramm geschälte, rote Linsen,

die Ihr mit ein wenig Salz und etwas Speiseöl ca. 20 Minuten lang in heißem Wasser kochen lässt. Danach im Mixer pürieren und anschließend den Brei in ein verschließbares, wasserdichtes Gefäß ganz vorsichtig einfüllen und verschließen. Außerdem benötigt Ihr unbedingt ein Auto mit Start-Stopp-Automatik, wo der Motor an der Ampel und im Stopp and Go Betrieb von selbst ausgeht. Jetzt nehmt den Brei. Geht zu Eurem

Auto. Steigt ein. Schließt die Tür. Schnallt Euch aber bitte noch nicht an, nicht anschnallen! Nun öffne das Gefäß mit dem roten Linsenbrei und schluck' alles auf einmal, so schnell Du kannst, hinunter. Ganz wichtig: erst jetzt darfst Du Dich anschnallen. Damit der Trick auch totsicher funktionieren kann, musst Du noch zwei weitere Vorbereitungen treffen.

Erstens: Öffne alle Fenster Deines Kraftfahrzeugs, und zwar auch im Winter. Da gegebenenfalls mit voller Heizung, das ist erlaubt.

Zweitens, und das ist der noch wichtigere Part: Du musst die Start-Stopp-Automatik deaktivieren. OK. Dann die Augen schließen und in ruhiger, bequemer Stellung für ca. 10 bis maximal 14 Minuten verharren. So, jetzt geht's los. Fahr' in das am dichtesten besiedelte Ampelnetz Deiner Stadt. Bei jeder roten Ampel läuft Dein Motor jetzt nicht nur weiter, sondern wird von Dir noch zusätzlich in Intervallen von 1 ½ bis 2 Sekunden auf genau 6500 U/min beschleunigt.

Dieser daraus resultierende erhöhte CO_2-Ausstoß, gepaart mit der Methanbelastung der roten Linsen, die sich mittlerweile bemerkbar machen dürften, heizt Du das Klima bei der momentan für uns Mitteleuropäer sowieso schon mega positiven Entwicklung derart an, dass Du in spätestens zwei bis drei Jahren gar keinen Urlaub mehr in südlichen Gefilden verbringen musst, weil Du dann einfach hierbleiben kannst und schon Ende Januar saftigste Orangen aus Deinem eigenen Garten wirst pflücken können. Yeeaaah! Geil, wa! Und bitte, bloß kein schlechtes Fridays for Future Gewissen. Da ist doch schon lange nichts mehr zu retten.

Hand aufs Herz.

Volle Rotze

Es lauern wieder mega-geile Gesundheitstipps:

Speichel - und was Du für tolle Sachen mit ihm anstellen kannst.

Tipp! Der Woche

Dit kennste vielleicht schon: Den Trick, wenn Du Dich jeschnitten hast und denn uff der Wunde rum lutschst, heilt die sofort, weil Deine eigene Spucke antiseptisch wirkt. Musste ma ousprobier'n, rüschdüsch lange, 20 min. druff rum lutschen. Auch tiefere Schnitte hören bald auf zu bluten und verheilen supergeil. Entscheidend ist: Es muss der eigene Speichel sein. Achtung! Wichtiger Hinweis: Wenn Du 'n Silver Shower Fetisch hast und Dich gerne anspucken lässt - hier geht's nicht.

Jetzt ham wa uns ma in der Redaktion 'n Kopp drum gemacht, ob man aus diesem Antiseptismus nicht noch 'n anderen Nutzen ziehen kann, und: YESSS! Wir haben was gefunden. Besser gesagt, gleich zwei Nütze.

Tipp! Der Woche

→

Kennste dit noch von früher? "Mach dit nüsch, mach ditte nüsch!" Konnte einem teilweise rüschdüsch uff'n Lorz jehn, wa! Aber irgendwann sind sie dann weg, die lieben Eltern, so dass Du jetzt nur noch lernen musst, Deine neu gewonnenen Freiheiten auch zu nutzen.

Wenn Du alleine lebst und zu Hause keine Teppiche, sondern glatte Böden hast, und sich Dir jetzt beim Essen irgendwas in den Zähnen verfangen hat, 'ne Sehne aus 'ner Schweinshaxe, 'n kleener Stil beim Kürschen essen, 'n Faden aus dem hoch persönlichen, zyklischen *Teebeutel* Deiner Freundin, whatever, denn spuck dit einfach aus! Is' ja keena mehr da, der motzt: "Kannste ma bitte uffhörn in der Wohnung rumzuspucken?" So - dit machste jetze gerade, und rotzt einfach mal nach Herzenslust in Deiner Wohnung rum - Volle Rotze! Damit befreist Du Dich nicht nur endgültig von diesem elterlichen Nein-Sager Rumgescheiße, sondern, weil Deine eigene Spucke für Dich ja antiseptisch wirkt, desinfizierst nebenbei auch gleichzeitig Deine gesamte Wohnung. Safe.

Also, viel Spaß mit Euren hochdesinfizierten, volljerotzten Buden. Wahrscheinlich könnte es jetzt bei Euch unter Umständen, möglicherweise, je nach individuellem Mundfäulnis Temperament etwas strenger riechen als sonst. Aber, hey, dafür genießt Du antiseptischen Rundumschutz. Volle Rotze!

Trash Poem ©

Wenn einen die Geilheit

hartnäckig verfolgt

können Männer diesen Jäger leicht

abschütteln

Allet Schiete? Hier jibt's Hilfe!

Wenn Du faul bist, ignorant, unreflektiert

und im Dauerkriegszustand mit der Gesellschaft. Wenn Du mit Menschen im Allgemeinen einfach nicht kannst und selbst die sympathischsten Dir früher oder später garantiert so was von auf das Perineum gehen, was Dich stetig mehr ankotzt, weil Du es einfach nicht erträgst mit anzusehen, welch´ niedere Beweggründe Deine Freunde oder Nachbarn antreiben, stumpfsinnig erbärmlichste Dinge zu tun, und je mehr Du sie analysierst, desto tiefer fressen sie sich auf scheußlichste Art in Deinen Geist, sind immerzu da, lassen Dich nicht mehr los und *Du kannst es nicht mehr ertragen.*

Das soll ein Ende haben? Nichts leichter als das.

Wie bekommst Du Deine, zugegebenermaßen nicht ganz unsympathische, Abscheu gegen die Menschen im Allgemeinen ganz leicht in den Griff?

Tipp! Der Woche

Musst Du gar nicht, denn Du bist perfekt. Respekt!

Suchtgefahr

Wir providen einen Mega Tipp!

für all diejenigen unter Euch, die eine natürliche Neigung besitzen, Süchte jedweder Art zu entwickeln und verraten Dir, wie Du ein super schönes Leben führen kannst, obwohl Du die Willenskraft eines Säuglings und ein Suchtpotential wie Amy Winehouse besitzt. Klingt interessant für Dich? Denn würd' ick Dir uff jeden Fall raten, hübsch aufzupassen, denn wird's mal nämlich wirklich Zeit, dass Du die Finger von dem ganzen Kram lässt, den Du Dir janz offensichtlich ständig durch alle verfügbaren Öffnungen rinnballerst. Alter! Et jeht ooch anders und viel schöner.

Das Problem: Du kannst keiner Versuchung widerstehen und gierst nach unmittelbaren Bedürfnisbefriedigungen. Die sind aber oftmals niederträchtig kurzlebig und gleichzeitig langzeit belastend nachtragend in ihrer Art, wie z.B. raffinierter Zucker, Alkohol oder Nikotin, weil sie wieder und wieder ihren Tribut fordern und durch den daraus resultierenden übermäßigen bis exzessiven täglichen Konsum krankmachen.

Kurz gesagt: Du springst auf alles an, was Dir ein sofortiges Glücksgefühl beschert und kannst dann nicht mehr darauf verzichten. Aber gerade der Verzicht auf diese unmittelbaren Bedürfnisbefriedigungen ist viel, viel schöner in the long run, muss jedoch immer wieder neu erarbeitet werden. Wie unangemessen unangenehm, wa! Es muss widerstanden werden, als uff neue, heyer (Hessisch für: hier).

Wenn Du aber doch gerne mit dem Feuer spielst, dann denke an Nietzsche, der da mal schrieb:

Es ist leichter, einer Begierde ganz zu entsagen, als in ihr Maß zu halten.

Wie machst Du es also, dass Du ab und an eine gewinnbringende Abwechslung in Dein ödes, tristes Leben bringst, ohne Gefahr zu laufen, einer auf Dauer todbringenden Begierde zu verfallen? Und das, wo Du Dir doch Deiner erstaunlich eingeschränkten Willenskraft aus Erfahrung bewusst bist?

Tipp! Der Woche

Weil Du das Ganze, willensschwach wie Du bist, ja doch nicht gefickt bekommst, also einer obsessiven Begierde maßvoll zu zeigen, Wer hier Wen bei den Nuggets hat, und darum totsicher irgendwann im Görli, für 5 € Blow Jobs verteilend, enden wirst, dann (das klingt jetzt vielleicht ein bisschen traurig, aber wir meinen´s nur gut) bleibt nur:

Lass einfach die Finger von allem, was Spaß macht.

Faszination Schorf Zuppeln

Zur Erklärung:

Schorf, das sind vertrocknete Absonderungen, die mit offenen und entzündeten Wunden einhergehen. Dabei sondert der Körper verschiedene Flüssigkeiten ab, die gemeinsam mit dem Blut die Wunde verkleben. Und diesen Spaß kennt jeder:

Den Schorf der unvollständig abgeheilten Wunde vorsichtig abzuzuppeln, um in diesen faszinierenden Zustand zwischen Lust und Schmerz einzutauchen. Wenn spürbar ersichtlich ist, dass wenn man jetzt weiter dran zieht, die Wunde ganz sicher wieder anfangen wird, unter Schmerzen zu bluten, aber man kann einfach nicht aufhören. Es ist einfach zu lüstern und geil, der Speichel sammelt sich schon im Mund. Ein echter Spaß, kennta, wa!

Als Kind hatte man ja ständig irgendwelche Schürfwunden, an denen man seine Obsession ausgiebig ausleben konnte. Im Erwachsenenalter wird's da schon schwieriger. Ihr sollt aber deswegen nicht darauf verzichten müssen. Wie komme ich also unauffällig an die geilen Früchte, mega viel Zuppelschorf? Satte, großflächige Schürfwunden, an denen man zuppeln und reißen kann, sich weiden an diesem paradiesischen Grenzbereich zwischen Eros und Folter, und auch dann nicht aufhören zu können, wenn's schon leicht blutet? Ihr braucht dazu:

Medium gekörntes Schmirgelpapier
Ein Smartphone großes Stück Holz
Urin Sammelcontainer

Tipp! Der Woche

Besonders geeignet ist die Schürfwunde als Folge von Streif Stürzen. Zur Herstellung dieser eignen sich besonders spärlich bekleidete Sportarten, wie Tennis, Skateboarden, Inlineskaten in Hot Pants oder Fußball auf 'm Schotterplatz. Also, im Verein anmelden und sich dann geschickt ungeschickt anstellen und ständig über den Platz rutschen, als hätte man noch nie 'n Ball am Fuß oder dem Schläger gehabt. Blöd: Das könnte irgendwann auffallen, dass Ihr nach jahrelanger Vereinsmitgliedschaft immer noch so schlecht spielt, wie am ersten Tag. Andererseits einfach nur auf den nächsten Bolzplatz zu gehen und desorientiert über den Boden zu rutschen, ohne Grund und Ziel, fühlt sich nicht nur saublöd an, sondern sieht auch saublöd und sau verdächtig aus. Besser, Ihr täuscht Euren Lieben einfach nur vor, dass Ihr im Verein seid.

Ach ja, befüllt vorbereitend noch ausgiebig, gern über mehrere Tage, den Urin Sammelcontainer, am besten mit dem Mittelstrahl. Dann sucht Ihr einen ruhigen Ort, wo Ihr unbeobachtet seid, wickelt das Schmirgelpapier um das Stück Holz, visiert die auserwählte Stelle an, weggucken, und mit einem beherzt schnellen und kräftigen Swype drüber schürfen. Ahh! Nicht so fest. Ja, ja so ist's gut.

Dann den Urin Sammelcontainer aufschrauben und sofort ordentlich viel über die Wunde schütten (nicht im Auto), damit sie sich nicht infiziert. Hier könntet Ihr alternativ auch Desinfektionsspray benutzen - dit müffelt aber nüsch so schön. Fertig! Das sieht so echt aus. Hammer! Das ganze wiederholt Ihr alle zwei bis spätestens drei Tage, damit Ihr regelmäßig 'was zu ernten habt. Aber Vorsicht, Suchtgefahr! Übertreibt's nicht.

Is' Euch zu krass? OK. Wenn Ihr das alleine nicht gefickt bekommt, dann könnt Ihr wahlweise auch 'ne WhatsApp-Gruppe erstellen, Euch 3-mal die Woche treffen und dann gegenseitig die Arme und Beine aufschürfen.

Gerade 'nen Anruf reingekriegt vom Peter aus Kreuzberg, der fragte, ob man zur Desinfektion der Schürfwunde auch den Urin einer anderen Person nehmen könne. Also, so viel wie ich weiß, muss es der eigene sein. Sicher is' sicher. Peter sagte auch noch: "Ick steh' uff Golden Shower, da könnte mir meine Freundin doch auch gleich direkt auf die Schürfwunden..." Also, ick weeß nüsch Leute, dit is' 'ne Vorabendsendung, ja! Aber ick wünsch' Euch trotzdem noch viel Spaß bei Euren Spielchen.

Da fällt mir noch ein: Den frisch abgezoppelten Schorf könnt Ihr übrigens auch durchaus, je nach persönlichen Vorlieben und sexueller Ausrichtung, futtern.

Kompensation

Motorradsaison in Berlin - da jeht's

rüschdüsch rund. Ick find dit so albern, janz ehrlüsch, dit rumjemache? Wer hat die größte, phatteste und lauteste Maschine? Da mach ick nüsch mit. Ick hab 'n kleenet Leichtkraftrad, 15 PS, reicht. Weil: Ich zum Glück kein Penisproblem habe, wie scheinbar so Mancher, der das mit 'nem Mega Bike auszugleichen versucht. Mein Penisglied ist nämlich so klein - so 'ne große Maschine gibt's gar nicht, die das kompensieren könnte!

So, hätten wir das auch mal geklärt.

... oh, oh, wir haben gerade jede Menge Shit-Mails von Motorradfahrern reinbekommen, die sich von meinem heutigen Topic "Kleiner Schniedel - Großes Bike" scheinbar etwas provoziert gefühlt haben. Die eine war ganz lustig, Moment... ah ja! Truck Cock 666 schreibt:

"Hey Max, tut mir echt leid mit Deinem kleinen Malheur. Aber meine geile, grooße Harley fahre ich nicht, um meinen Penis zu kompensieren, sondern - zu transportieren."

Ha, ha, OK, Punkt für Dich, Truck Cock 666.

Trash Poem ©

Der Deutsche lässt sich am Eindeutigsten

mit dem Adjektiv *rechteckig* beschreiben:

Recht

zu haben und

eckig

unterwegs zu sein.

CFS

Ihr kennt ja das Grundmotto dieser Sendung:

Was es auch immer sei, dass sich Euch in den Weg stellt, den Fokus stets auf die positiven Seiten lenken. Heute gibt's Hilfe für Post Covid Patienten, die an CFS, also dem Chronischen Fatigue Syndrom leiden. Menschen, denen es an Energie für alles fehlt. Die sich nur ganz schwer oder gar nicht konzentrieren können, ständig vor Erschöpfung einschlummern, mit heftigen Erinnerungslücken zu kämpfen haben - ein umfassend grauenhafter Zustand. Für Euch gibt's heute moralische Unterstützung in unserem *Tipp! Der Woche.*

Dranbleiben lohnt sich Leute - natürlich nur, wenn Ihr es auch schafft, noch so lange wach zu bleiben. Ei, der war böse. Nein, im Ernst, diese Krankheit kann wirklich derart deprimierend sein, dass viele so verzweifelt sind, dass sie kein Licht mehr am Ende des Tunnels sehen - einfach, weil sie schon wieder eingeschlafen sind! Nein, Spaß beiseite, Hilfe naht, bleibt dran! Oder versucht's zumindest.

CFS muss nichts Schlechtes sein. Sieh's doch 'mal positiv.

↣

Tipp! Der Woche

Den hektischen Alltag satt? Dann schließ Dich uns an. CFS. Mach mit! Grenzenloser Rätselspaß. Zum Beispiel: Wörtersuche! Wie war das nochmal? Heißt es: Aufmachding? Von wo rein? Wo man durchdingst? Das mit dem Teil dran? Na der äh…das ähh…ähhhh. Alles falsch! Das Wort ist: Tür.

Entspannung pur. Genieße den gechillten Spaß einer mega-entschleunigten Konversation. Deine süßen Sprechpausen und entspannte Art werden ganz schnell Deine Gesprächspartner verzaubern und ihnen helfen, ihren stressigen Alltag zu vergessen. Fokussiere Dich schon heute nur auf wichtige Dinge im Leben. Vergiss einfach alle Geburtstage von unwichtigen Pseudo-Freunden, die Dir zu Deinem Geburtstag sowieso nie gratuliert haben. Gratis! CFS. Mach mit! Hey, denken wir nicht alle ein bisschen zu viel?

Altruismus Wahn

Vielleicht geht's dem Einen oder der Anderen

da draußen genauso. Ich will's mal Altruismus Wahn nennen, den ich als Kind schon hatte. Das Wohl der Anderen war mir stets wichtiger als mein eigenes, sehr komisch. Ständig hab' ich mir mehr Sorgen um andere gemacht, als mich um meine eigenen Probleme zu kümmern. Das hab' ich teilweise als sehr belastend empfunden, konnte es aber irgendwie nicht ändern. Es hörte auch nie auf, im Gegenteil: Es wurde immer schlimmer und nicht nur bei Menschen, die mir nahestehen. Mittlerweile empfinde ich eine zwar irrationale, aber furchterregende Angst, dass mir fremde Menschen, sich schreckliche und unheilbare Krankheiten zuziehen könnten.

Kim Kardashian zum Beispiel, die kenn' ich persönlich ja gar nicht, und trotzdem habe ich panische Angst davor, dass die z. B. an Cellulite erkranken könnte. Oder an Akne. Oder Lippenherpes. Oder Augen auf den Füßen oder Füße im Gesicht kriegen könnte, wie heißt'n ditte nochma? Ah ja, Hühneraugen oder Krähenfüße.

Lyrik

<u>Weihnachten naht</u>

Draußen, vor der Tür, da schneit es phatt
Die Großen freu'n sich auf ein Brett
Über alles, was die Taxis bringen
Die froh die Scheine laut besingen

Die Ware brennt, tief sind die Narben
Blutrot aus ihren Kolben ragen
Nasi Naschi ist schon fast da
Macht Weihnachts-Elternwünsche war

(Traditionelles Weihnachtsgedicht vom Leopoldplatz)

Lyrik

<u>Warmer Weihnachtsduft</u>

Drinnen, wartend vorm WC
Ist gar nichts festlich, nein, oh weh
Denn trotz WC Spray und Duftkerzen
Dringt Vaters Lorz in uns're Herzen
Was er gebar mit großen Schmerzen

S'sind warme Düfte in der Luft
Bedrohlich, süßlich, sauer, Schuft!
So eil'n wir fort, gepeinigt Wand'rer
Vorbei, besinnlich's Miteinander
Welch Übelkeit, man kotzt gemeinsam
So fühlt sich heute niemand einsam

Rache ist süß

Seid Ihr das auch über? Von allen Seiten reingelegt

zu werden, hintergangen, abgezogen, geprellt, gefickt, einfach übelst verarscht? Da gibt's nur eins: zurück verarschen. Du musst Dich an Deiner Umwelt rächen. Pierce den Fetzenschädeln da draußen 'n großen Nasenring in den Zinken, und führe sie durch Deinen persönlichen Zirkus.

Ständig werden Dir irgendwelche Preiserhöhungen um die Nase gehauen. Verträge nicht eingehalten. Zu Deinen Ungunsten korrigiert. Alles wird teurer. Packungen kleiner. Es ist kaum noch auszuhalten. Es muss was passieren: Rache ist süß.

Tipp! Der Woche

Mir hat dit ooch irjendwann so wat von jestunken. Wenn ich jetzt auf Brautschau bin, in der Sauna, rasier' ich mir vorher meinen vorderen Torso. Macht mich gleich 7 Jahre jünger. Echt jetzt. Den Rücken aber nicht. So wie die Mogelpackungen im Supermarkt, die nicht halten, was sie versprechen. Trage immer 'n großes Handtuch drüber, fällt nicht auf. Wenn die Süße denn morgens aufwacht, während ich ins Bad dackel, und die mich zum ersten Mal nackt von hinten sieht, hat 'se gleich dit Handy in der Hand, um die Cops zu rufen, weil da uff eenma 'n Fremder im Schlafzimmer rumläuft. So hol' ich mir eine Nuance vom verlorenen Stolz der vielen Betrügereien, die ich in meinem Leben schlucken musste, zurück.

Toll auch der hier, den hab' ich von 'nem Obdachlosen, der olfaktorisch nie auffällig geworden ist, obwohl er sich nach eigenen Angaben seit Monaten weder gewaschen noch geduscht hat. Sein Trick: Sich komplett mit 'nem ganzen Glas Wick VapoRub einbalsamieren. Einfach drüber. Das frisst alles weg. Zumindest geruchstechnisch. Für Euer nächstes Tinder Date.

Oder fangt mal mit 'nem einfachen Ding an, Jungs. Benutzt den gleichen Trick wie die Mädels - na klar, Make Up druff, so fett wie's geht. Dit macht den aktivsten Gesichts Vulkan so glatt wie Ryan Goslings Six-Pack. Machen die Mädels doch ooch, warum nüsch selber!

Der Wick VapoRub Trick für die Dusch Feinde unter Euch wirkt partiell bei Stinkefüßen natürlich genauso gut. Schluss mit der Scham, die Socken auszuziehen. Die naive Frage, warum es immer so krass nach Menthol riecht, wenn Du die Schuhe ausziehst, konterst Du frech mit "bin beim letzten Saunabesuch mit Socke in den Aufguss Kübel getreten" oder so. Toll auch für Barfuß Fans mit schwarz gelaufenen Füßen: Zieht die Socken irgendwann unbemerkt auch noch aus. Dreck Schwarze

Füße, die zart frisch nach Menthol duften. Mega verstörend.

Oder: Eitergelbe, knochenharte, vom Pilzbefall geschundene Fußnägel - auch als Mann - einfach lackieren. Da vielleicht in schwarz und irgendwas von "Gothic Fan geworden" brabbeln. Jetzt der Rache-Act: Bitte Deinen neuen Partner ganz lieb darum, Dich abzulackieren.

Trash Poem©

Und nicht vergessen, Leute:
Immer schön viele Regeln befolgen im
Leben
Das bringt viele Vorteile

Für Andere

Leid

Ein altes ägyptisches Sprichwort sagt:

Geteiltes Leid = wiederholtes Leid = gesteigertes Leid

Die Ägypter hatten's raus. Gemeint ist: Hört auf zu piensen. Wenn alle ihre Wehwehchen für sich behalten, wird nur noch über angenehme und lustige Sachen gesprochen und das Leben ist viel schöner.

Macht Sinn. Unpassend fand ich seit jeher die hierzulande geläufige Version

Geteiltes Leid ist halbes Leid

Viel sinnfälliger ist doch

Geteilte Freud' ist halbe Freud'

Wer geschenkt bekommene Süßigkeiten immer mit seinen Geschwistern teilen musste, weiß, wovon ich rede.

Request

Haben gerade 'ne Anfrage reinbekommen vom Guido

aus Friedrichshain, der schreibt: *"Sag' mal Max, arbeitest du eigentlich auch irgendwas Richtiges oder laberst du nur Scheiße?"* Natürlich arbeite ich nebenher auch 'was "Richtiges", sonst würd´s finanziell nicht reichen. Wenn Du's genau wissen willst, lieber Guido, zurzeit im Sektor Eisenwaren, Kommunikation und Nahrungsergänzungsmittel. Also Waffen, Menschenschmuggel und Drogen. Nein, ganz im Ernst, ich arbeite momentan im Rahmen eines prokrastinativen Projekts hochmotiviert an dem erfolgreichen Abschluss des Story-Modus in Assassin´s Creed Shadows.

Sightmarking

Die schrägste Männer Angewohnheit überhaupt ist ja,

überall hinzupinkeln. Ein wirklich grässlicher Move.
Man ist an traumhaft schönen Orten unterwegs. In der
Natur oder Urban. Kennt Ihr dit? Dass es dort manchmal derart ergreifend schön ist, dass man sie am liebsten
für sich alleine hätte? Da kann ich dann doch nicht einfach hin pinkeln. Das macht überhaupt keinen Sinn. Das
verdunstet doch sofort. Ich sag immer: Wenn markieren,
denn richtig markieren. Deswegen habe ich in meinen
Gesäßtaschen stets jede Menge Klopapier dabei. Das
mach' ich überall. Auch im Urlaub. Also markiert wird,
auf jeden Fall. Da findet sich immer 'ne Möglichkeit. Je
schöner der Ort, desto größer der Marker.

Apokalypse

Vor genau 15 Jahren habe ich beschlossen,

keinen Kühlschrank mehr zu benutzen. So konnte ich im Laufe der Jahre weitreichende, wertvolle Erfahrungen im Gebrauch verdorbener Lebensmittel machen. Ich weiß jetzt nicht nur, welche verfaulten Speisen man trotz unangenehmsten Geruchs dennoch sorglos essen kann, sondern spüre auch immer mehr, dass mein Körper resistent geworden ist, und mittlerweile so ziemlich alles erstaunlich gut verträgt.

Tipp! Der Woche

Gewöhnt Euren Körper vorsichtig an Verdorbenes, indem Ihr den Fäulnis-Grad kontinuierlich steigert. Nach ein paar Jahren sucht Ihr Euch einen Reproduktionspartner mit ähnlichen Qualitäten (viell. im *ohne festen Wohnsitz* Bereich). Eure Kinder werden dann schon problemlos Aas vertragen. Die könnt Ihr morgens zum Frühstücken einfach auf den Friedhof schicken. So seid Ihr für jedes noch so dystopische Szenario bestens gewappnet.

„Mama, Papa, was gibt's heute zum Frühstück?"

„*Friedhof.*"

„Dürfen wir? Yeaaah!"

Trash Poem ©

Wahre Größe

flieht

Symmetrie

Trash Poem ©

Musik aus

Raus aus Haus

Epilog

Macht's jut Ihr Lieben.